# CATARSIS

María de los Ángeles
Ruiz Rodríguez

# CATARSIS

## Mieles de amor

EDITORIAL
LETRA MINÚSCULA

Primera edición: abril de 2022
ISBN: 978-84-19237-63-7

Editado por Editorial Letra Minúscula
www.letraminuscula.com
contacto@letraminuscula.com

A todos mis seres queridos, que han sido el motor impulsor para vivir y disfrutar de este lindo momento. A nuestro divino Dios, por su inspiración.

A todos los que creen en el AMOR como luz emancipadora que prevalece sobre la oscuridad, a las nuevas generaciones que gustan de la poesía.

A todos los que me alentaron y apostaron por mí, a la Sra. Carmen Rodríguez Acosta, que dedicó su prospero tiempo, para que mi sueño se hiciera realidad, a todos, ¡muchas gracias!

# Índice

# Fantasía

Todavía no te encuentro y ya surcan
mi cabello tímidos senderos de plata,
todavía no te tengo y te sueño en
cada madrugada, todavía no te beso,
y mi ilusión se desata.

Me pierdo en la multitud, te busco con
desespero, trato de hacer real lo que en
mi corazón late, te imagino en la blanca
arena, en el fino lienzo, en las alas del
viento.

Siento tu presencia, me sigue tu perfume,
no me rindo al hastío, porque sé
que mi juventud galopa a prisa
y el tiempo veloz se achica.

Te veo en el firmamento, en los rayos
del sol, en la dulce melodía, en los pétalos
de una flor.

La realidad me supera,
acabó mi fantasía en aquel libro de ensueños
que llenó de ilusión mi enamorado corazón.

# Partida

Y si mañana sientes que mi aliento
ya no te llega y mi susurro
se pierde en la mar, pensarás cuanto te quise,
y no podrás olvidar.

Vivirás del recuerdo,
vivirás por soñar,
y, aun soñando despierto,
no podrás olvidar.

Y yo estaré lejana,
en el azul del cielo
o en el celeste mar.

En la estrella brillante,
en el viento, en la lluvia, en la flor,
en el trino del pájaro,
en tu afligido... corazón.

Donde quiera que esté tu presencia,
allí eternamente estará mi amor
y suspiraré en silencio,
y vagaré sin timón,
y esperaré tu partida
para continuar nuestro Amor.

# Eres

Eres esa piedra en el camino, guardada
en mi recuerdo que queda en el tintero y
quieres ganar, esa rosa distante que sus
espinas no me dejan tocar.

Eres esa utopía que vive en mi mente,
el distante, que poco pude besar, ese,
que permanece despierto y, aunque
parezca dormido, siempre presente está.

Eres fantasía, sentimientos de la infancia,
inocencia del alma
que tantos proyectos
pensantes recabar.

Eres ese sol que calienta los latidos
del corazón y su llama galopa con
prisa, penetra en las venas gritando
muy alto, esto es Amor.

Eres a quien entregué mi vida,
Mis sueños, mis ilusiones, mi corazón;
esa pasión que nunca por más que
Intentes, logras borrar.

# Olvidada

Te fuiste tras ella y al olvido pasé,
quizás con el correr del tiempo niegues
haberme amado y nunca lo sabré.

La amarás tanto o más que a mí,
yo seré polvo en el viento, espuma
en la mar, lloraré tu ausencia en silencio
y nunca lo sabrás.

Quizás con el correr del tiempo
otros brazos buscaré y, aunque me
persiga tu recuerdo, hallaré pasión
y entrega, como mi primera vez.

Se callará tu recuerdo, superaré tu
amor, haré de mi vida un edén
donde abejas y mariposas sigan
cosechando amor.

No sé si llegue a amarlo como te amé a ti,
no sé si él me ame con tanta intensidad.
Sí sé que cuando estoy en sus brazos
no quiero despertar.

# Añoranza

Me confundes con esa risa simulada,
si en tus ojos apagados
brotan esos copos intensos
que tanta nostalgia te causan.

Esquivas mi presencia, pasas el tiempo encerrado
y afuera hay un mundo de luces que esperan tu salida,
aunque se te salga el alma a pedazos
y evites la realidad.

Me muero por tu alegría, por tus caricias,
por tu suave piel, por tu esbelta figura,
por tu manera de enfrentar la vida,
sencillamente, por esa tu gracia que tanto cautiva.

Salta el muro del recuerdo,
quita esa añoranza que lentamente te apaga,
piensa en esas puestas de sol,
en el brillo de la luna, en el olor de la lluvia.

Piensa con ternura en lo hermoso de la vida,
cuando verdaderamente nos importa tanto el Amor.

# Camino al Paraíso

Si al llegar el alba, en mi lecho sombrío,
notas mi cuerpo inerte y frío,
piensa que estoy de mano de los Ángeles,
camino al paraíso.

No llores mi partida, no te sientas deprimido,
siénteme en el olor de la rosa, en la fuerza del río,
mira recuerdos de antaño
en aquel baúl escondido.

Piensa en mis poesías,
disfruta lindos momentos que juntos compartimos,
en aquellas vacaciones
donde tanto amor nos dimos.

En la arena blanca,
en la ola traviesa que nos llenaba de frío,
en aquel valle tan verde,
en tus labios tan carnosos acariciando los míos.

Yo estaré en el infinito,
llevando en mi alma errante
tu perfume, tu aliento, un pedacito de cielo
y tu corazón junto al mío.

# Pesares

Hermosa dama de luz:
antes que el sol acaricie tu piel
delicada y suave, sumérgete en el caudaloso río
y deja que tus pesares sigan su raudo cauce.

Camina como diosa en la verde pradera,
refresca tus pies con el húmedo rocio
y deja que tus pesares sigan el encrespado camino,
lleno de lirios, zarzas y azahares.

Danza con el trinar de las aves,
revuelve tu cuerpo al aire, bate tu hermosa cabellera
y deja que tus pesares sigan el curso del viento
con aquella melodía suave.

Permite a tu risa retumbar con fuerza
en la colina distante y las piedras sean camino,
para que huyan pesares y enciendas con tus pupilas
tu fantasía salvaje.

# Delirio

De tanto amarte me duele el pecho,
los labios me tiemblan,
caen mis lágrimas como fino cristal.

Mi mirada se pierde
en aquel laberinto de oscuras paredes,
como noche cerrada, donde luna y estrellas
esconden su brillo a tanto pesar.

¿Por qué este delirio tormentoso que hiere mi mente?
No encuentro el camino que abra con fuerza
tus sueños de amor.

Corrí como loca a tu lecho con tantos deseos,
con incontrolable pasión busqué tu ternura,
busqué en tus brazos,
el techo perfecto entre vida y pasión.

No fui la elegida y mi sendero no fue camino a tu corazón,
evito quererte, aunque mi pecho duela,
mis labios tiemblen y mi mirada no encuentre
la llave de tu amor.

# Conexión

Te pienso en mí jardín florido,
en aquella playa solitaria,
en esa perla olvidada
en mis noches de intenso frío.

Te sueño, como el niño espera sus reyes y su deseo escondido,
como el ave que hace su nido buscando calor,
como la flor que esparce su aroma,
como el viento que toca tus labios y hace suspirar los míos.

Te siento en mi lecho olvidado,
entre sábanas blancas y copas de vino,
oigo el gemir de tu cuerpo
cuando tiernamente acaricias el mío.

Te llamo a voces altas, porque a pesar
De pensarte y no verte,
de soñarte y no tenerte,
de sentirte y no besarte,
sigo queriendo tu aliento,
sigo esperando tu Amor.

# Búsqueda

Te venero impresionante mar,
en tu apacible descanso
acaricio el azul de tus pupilas
que no retengo en mis manos.

Busco tu corazón y no logro alcanzarlo.
Te venero enardecido mar
con tu terrible enfado,
tus azules pupilas se confunden
con el cielo ensombrado.

Busco tu corazón y no logro alcanzarlo.
Ya no siento tu quietud,
tampoco tu furia brava,
busco en el intenso azul
o el verde transparente
de tus cristalinas aguas,
en la fina arena, en la espuma blanca...
busco tu corazón y no logro alcanzarlo.

# Aliento

Quedó tu perfume en mi cuerpo,
tu aliento en mi corazón
y tu risa seductora abre los senderos de espinas
que dejan las noches oscuras,
donde la luna se esconde y su embrujo no toca
nuestro corazón.

Hay tanto frío en mi cuerpo, que no consigo calor,
ni estufas, ni colchas o abrigos,
calman este gélido frío,
que solo tus brazos ardientes consiguen arroparme
con tanta ternura, con tanta pasión.

Y aunque la añoranza marque el inicio,
el tiempo deje sus huellas y la distancia ponga su stop,
siempre estarán en mi mente
tu risa, tu perfume, tu aliento, tu insuperable calor.

# Amada

Gusté el néctar dulce de
tus sensuales labios,
disfruté el raudo manantial
de tus amantes besos.

Sentí la fuerza bruta de
tu irresistible abrazo
y el cálido abrigo
de tu templado cuerpo.

Dancé para ti
en armonía perfecta
y mis ropas blancas
corrieron al viento.

Fui tuya aquella tarde de otoño
Y, sin aun saber tu nombre,
quedó en mi corazón
aquel sublime recuerdo.

# Para mi Hijo

Cómo grito cada día que acaba
este orgullo que siento de ti,
aunque te extraño.

Cómo podrás entender que
lo más dulce y tierno que he tenido en mis brazos
fue tu fragil cuerpecito,
tus menuditas manos.

Enseñarte desde la infancia
lo bueno y lo ingrato, compartir
tus triunfos y también tus desencantos.

Ver como te hiciste ese hombre de bien,
con tu esposa, tu familia y tus sueños
casi todos logrados.

¡Cómo no alegrarme cuando el águila
que llevas dentro
emprendió tan alto vuelo!

Escalaste tu nido allá en la cúspide,
donde se sientan los sabios,
con tropiezos y sinsabores,
con el sudor de tu cuerpo,

con tus noches de desvelo,
con tu frente siempre en alto
y otra vez tu esposa y familia apoyando.

No importa hijo mío que
no esté a tu lado,
si te di, tesoro mío,
los regalos más preciados.

Te di la vida mi niño, te dí amor
y aquellas alas de águila
para tu vuelo de libertad,
para tu vuelo, tan alto.

# Noches largas

Y en este nuevo mundo
de noches largas y frías,
donde ni brillantes estrellas acariciaban mi alma,
lloré a solas y en silencio
porque tu corazón escondido
ya no alcanzaba.

Dejé historias tan lindas,
dejé sin brillo tus ojos,
dejé en cada día de ausencia
un torrente de lágrimas.

Quedó mi corazón vacío
porque el tuyo escondido ya no alcanzaba.
Volverá la primavera,
el sol llenará tus pupilas de esperanza
y el tiempo, en su lento galope,
adornará tu lecho con rosas rojas,
amarillas, con rosas blancas.

Y oiré en mis sueños tu risa franca,
cuando aquella gaviota perdida lleve en su pico cansado
aquel aliento de vida que me devuelva un corazón escondido
que ya mis manos no alcanzan.

# Latidos

Y danzó mi corazón con tus fuertes latidos,
porque tu amor es mi sangre
y mi alma tus dulces suspiros.

Tus sueños, mi esperanza,
tu ingenio mi motor.
Yo pienso y escribo,
tu creas vida, seguridad, confianza.

Creas con tus manos mucho amor.
Y entre tu visión y mi pensamiento
creció nuestro hogar fuerte como la Ceiba,
frondoso como el Tamarindo,
perfumado como el Sándalo
y florido como el Framboyán.

Amarte es mi mejor regalo,
quererte mi más tierna inspiración,
tenerte mi mayor fortuna
y besarte, querido mío,
han sido las mieles más dulces
que me brinda tu insuperable Amor.

# Tiempo

El tiempo no se detiene, la vida corre con prisa,
nuestros cuerpos languidecen
y aquel torrente de juventud
es hoy un apacible descanso de experiencia y sabiduría,
pero mi amor por ti no se detiene, germina cada día.

Perdió frescura mi rostro, mis ojos sin brillo están,
mi cuerpo siempre cansado
y mis manos temblorosas apenas escriben más,
pero mi amor por ti, no se detiene, germina en tierra fértil,
amándote cada día con mayor intensidad.

Nuestros sueños alcanzados, nuestra historia
grabada en miles de estrellas que brillan en el firmamento
y aquel amor que sembraste en mi alma no se detiene,
germina como vida nueva,
con bríos, con ansias, con fe, con delicada paz.

# Intrigas

Y fueron tantas las intrigas
que pusieron pausa a nuestra historia,
y a pesar de no morir el amor, partiste a otros sueños.
Quedé devastada, quedé sin alma,
quedé completamente sola.

Por necia, no seguí los instintos de mi corazón,
dejé que mi ilusión se perdiera en los pantanos sombríos,
donde penan de tristeza
las almas sin perdón.

¡Cuántos años de reproche!
Tantas tinieblas enjauladas,
Tantos suspiros de angustias
por no creer tus palabras,
por no ver que tus ojos solo brindaban amor.

Si pudiera regresar el tiempo
no dudaría de ti por un solo instante,
colmaría tus labios con tantos besos,
que sangrarían de tanta pasión.

Espero tu regreso,
yo sé que al final esta historia no termina
y por más calumnias e intrigas, volverás al hogar
donde la llama de nuestro amor permanece
eternamente encendida.

# Adicción

Y por creer que el alcohol y la droga
eran solo momentos de gozo y placer,
fui perdiendo medidas y terminé dependiente
de su néctar como muñeco de papel.

Eran mis aliados callados, eran mis amigos fieles
quienes borraban de mi mente
todo lo que quería esconder,
Me deleitaba su aroma,
sentía fuerza en mis palabras,
sentía mucho poder.

Pasé años de angustias con mi letal adicción,
necesité tocar fondo
y volver a creer que la vida
nos brinda un mundo mejor,
nos brinda paz, felicidad, nos brinda amor.

Hoy veo un mañana de risas, de fe, de esplendor.
Recuperé mi familia, mi cuerpo sanó.
Solo decirles, amigos, no equivoquen el camino,
la adicción es tiempo perdido,
Es dolosa sumisión.

# Tus Ojos

Porque con tus ojos tocaste mi corazón
y no mi cuerpo, porque tu mirada es
solo amor, porque entraste en mi vida
sin ya tocar mi puerta, porque ese dulce sentimiento
me deja sin aliento.

Porque de felicidad visten tus pardas pupilas,
haciendo de mi cuerpo tu morada
y de mi lecho tu gran pasión.
Porque nos disipamos en el tiempo,
nos perdemos en la noche y brotamos
como flor que nace con el rocío mañanero.

Porque ese brillo de tus pupilas
que mi cuerpo te provoca, me llenan de Felicidad
y soy cómplice y testigo
del amor que tus ojos cada día me dan.

# Sed

Ya no podré amarte como antes te amaba,
aunque me quiebre por dentro,
me consuma el deseo
o me mate la sed.

Ya no podré amarte, mi confianza
fue herida, como bala que rompe
el cristal de mi cuerpo y sus piezas
dispersas no serán otra vez.

Ya no podré amarte, fue tan grande
tu engaño, que dejará en olvido
los años de dicha, las historias
vividas, los deseos de hacer.

Ya no podré amarte, ni soñar en
tus brazos ni dejar que mi cuerpo
tiemble en tu lecho
y suspiré de placer.

Ya no podré amarte, tampoco olvidarte,
buscaré con el tiempo otro cuerpo olvidado
que también necesite
calmar su sed.

# Ira

Saca esa ira que duele,
mira la vida sin rencor,
rompe las cadenas que te atan
y deja que fluya el amor.

Nada en la vida es perfecto,
camina por la vida esparciendo rosas,
dejando valores,
sembrando amor.

Es cosecha muy fertil,
va de la mano de Dios.
Mantén la fe, nunca pierdas la esperanza,
no arruines tu vida
con esa creencia mezquina
que te deja sin futuro, te deja sin amor.

No culpes a otros por tus desmanes,
asume tus desaciertos,
arranca tanta ira de tu mente,
cambia esa rabia que te consume
y solo deja que fluya el amor.

# Nuestra Historia

Si por acariciar tu risa, besar
tu mirada y beber tu aliento
pudiera eternizar nuestra pasión,
alcanzaría de un salto la luna
y llenaría tu lecho con su
poderoso amor.

Correría tan veloz como el viento,
te escondería como concha a su
perla, en lo profundo del mar.
Escribiría en fino pergamino
nuestra quimera y agradecería
al infinito por haber sido solo
tuya y de nadie más.

Y si un día la parca aparece
y traslada mi cuerpo a otra dimensión,
piensa que mi alma estará tras la tuya
como estrella que marca
el camino eterno de nuestra intensa
y bella historia de Amor.

# Por siempre Leal

Apareciste Eusebio, en el tren
de la esperanza, solo cargabas tus
sueños, tu enardecido verbo y
aquellas suelas gastadas.

Quijote imparable, de firme
y noble corazón, cambiaste a Rocinante
y a Sancho por picos, palas, cascos,
empleos, bienestar y amor.

Con tu ingenio de gigante
y tu amor a Dulcinea
brilló de nuevo tu amada,
con sus adoquines pulcros
y el gozo bien recibido de tus airosas proezas.

Venciste aquellos molinos
con entereza y honor
y tu equipo de victorias
bajo tu certera conducción.

Trajiste primavera donde perduraba
el otoño y esa belleza escondida,
de tu bendecida Habana,
fue rescatada de las ruinas que enlutaban su alma.

Convertiste la piedra enmohecida
En colores de esperanza.
Y otra vez, subiste en el tren,
esta vez al infinito, y aquel andén
populoso proclamó silencio absoluto.

El aire traía con fuerza el eco de tus pasos,
y se oyó el llanto de miles de adoquines,
porque tus suelas gastadas retumbaban en lo alto.

# Sin Amor

Dejé de amarte, cerré mi corazón
y tu nombre se quebró,
olvidé tu figura, los años de entrega,
mis sueños perdidos, olvidé tu amor.

Dejé de amarte como el ave que
emigra y queda varada en el inmenso mar,
como el rocío que se evapora
y nunca sabes en cual jardín caerá.

Dejé de amarte y volvió la luz a mi ser,
renació la esperanza como el enfermo
recupera su fe, como la flor abre cada
mañana con su delicioso olor.

Dejé de amarte, sin saber cómo y por qué,
solo sé que dejé de amarte y ya nunca
jamás a tus brazos regresé.

# Insomnio

¿Qué pasó con mis noches sin sueño?
Galopo con prisa a la luz de la luna,
se perdió como espuma que rompe
con ira a la orilla del mar.

Te esfumaste sublime descanso,
y este insomnio que me abruma
se agazapó en noches tibias y,
por más que intento contar estrellas,
tu imagen de mi mente no logro borrar.

Me pierdo en el bosque sombrío,
contemplo el lago en su suave calma,
brilla el candil de la luna
en sus aguas profundas y
tu imagen de mi mente no logro borrar.

Rompe el alba con dulces trinos,
mis pies descalzos se cubren del suave rocío,
se ilumina el bosque con sus rayos dorados,
abren las rosas sus pétalos perfumados,
contemplo extasiada tanta belleza
y tu imagen de mi mente no logro borrar.

Y pasan las horas y terminan los días
y mis pupilas cansadas apenas pueden parpadear,
mi cuerpo exhausto suspira el tuyo,
acaba mi insomnio, me procura el sueño profundo
y tu imagen de mi mente no logro borrar.

# Celos

Te pedí respeto, te pedí
confianza, te pedí amor.
Quise darte un mundo divino,
Pero tus celos incontrolados
solo aceptaron lágrimas,
angustia, tristezas, dolor.

Te dí toda mi vida, te di todo
mi amor, te di mi mundo sin reservas.
¿Y qué conseguí? Incertidumbre,
desconfianza, ira, rencor.

Sembraste distancia, pesares,
dejaste mi jardín sin flores,
sin mariposas, sin vida, sin color.

Me fui con el viento,
con la Luna, con el Sol,
crucé el inmenso océano,
perdoné tu desidia
y arranqué para siempre
tu nombre de mi corazón.

# Virgen de la Caridad del Cobre— Oshun

Como los rayos de sol deslumbra tu luz divina,
eres nuestra Patrona y tus hijos inclinados
ante tu imagen sagrada pedimos para tu pueblo,
un horizonte de luz, una esperanza divina.

Majestuosa en tu belleza,
Caudalosa en tus ríos bravos,
se siente tu encanto y fuerza,
ante quienes con fe te adoramos.

Eres la Virgen Mambisa,
la Virgen de la confianza,
la que brilló en el Machete
de la manigua cubana.

Cuidas del vientre fecundo,
proteges a los infantes
y tu miel siempre tan dulce
realzando tus encantos,
y aunque vistes como reina
tu justo corazón, cobija al más necesitado.

Te rogamos Virgen Sagrada
Guíes siempre nuestros pasos
y nos dé mucho valor,
seguridad, unión en nuestras familias
y un futuro promisorio
para tu pueblo frustrado.

# Virgen de Regla— Yemaya

Surguiste para reinar
en los mares de este mundo,
eres bella entre las bellas,
eres rica entre los ricos,
madre entre las madres
y protectora de aquel azul infinito.

Tu danza, es magia divina,
tu color es más lúcido,
tus consejos bondadosos
y tu presencia reverencia
poder, sabiduría, elegancia,
virtuosismo.

Virgen Sagrada de Regla,
de rodillas te pedimos,
salud para tu pueblo,
hidalguía para tus hijos,
pan en cada mesa,
prosperidad y Amor Bendito.

# Amado mío

Con nuestros anillos de bodas
en el templo del Señor
juramos ante su imagen
fidelidad, respeto y comprensión.

Eras buen mozo, espontáneo,
virtuoso como un rey,
sensible caballero
de rosas, risas y amor.

Protector en noches tristes y frías,
sostén de familia,
en nuestro querido hogar.
¿Por qué tan brusca tu partida?

Quedó mi corazón destrozado,
mi mente no se acostumbra,
ya no hay lágrimas en mis ojos
que mitiguen tanto dolor.

Siento tu aliento en mi boca,
en el viento oigo tu voz,
en mis sábanas tu perfume
y en el cielo, Amado mío,
en el lucero fulgente,
tus grandes ojos colmados de Pasión.

# Silencio

Y fue en perpetuo silencio
que floreció mi amor por ti,
sin promesa, sin futuro,
sin el verde de esperanza
que dan los rayos de luz.

Te amo con tanta dulzura
que mi vida entregaría
por ver ese brillo en tus ojos
y esas perlas de nácar que adornan tu risa.

Y así vivimos nuestras vidas:
tú, ajeno a mi sentir;
yo, entregada a otros brazos,
con mi secreto guardado y
aquel deseo de ti.

Y pasará el tiempo y serás como
aquel sueño que nunca logré realizar.
Para ti, siempre tu amiga fiel,
para mi corazón, un amor prohibido
que nunca pudo nacer.

# Rumbos

Y cuando creí ciegamente
que lo nuestro todavía tenía sentido,
entró aquel invierno largo
quitando el escaso calor que
apacentaba nuestro nido.

No fue por amor que tomamos
rumbos distintos,
fue tu orgullo, tu desconfianza,
fueron tus mentiras,
y a pesar de quedar sin aliento
volaron alto mis alas,
tocando otros puertos.

De aquella pasión tan grande
solo guardé en mi corazón
aquellos dulces besos.
Yo perdí el sabor de tus caricias,
tú, perdiste un Amor Verdadero.

# Demencia

¿Qué pasó Padre mío?
¿Por qué tan triste escenario?
De pronto en tu casa eres extraño,
tu risa, no se oye más.

Se fueron mis sueños de niño,
mi esperanza, mis bríos,
con esta, tú sorpresiva Demencia,
no me conformo, mi Pa.

Quedó sin luz tu memoria,
no hay esplendor en tus ojos,
y aquella voz armoniosa
apenas canturreando va.

Mi mami ahora es la tuya,
te cuida con esmero, te cuenta
cuentos de niños, te alimenta,
te da aliento, con amor y ternura,
sin importar el lugar.

Y tú, mi héroe de siempre,
en esta etapa final
permaneces en otro mundo,
tan distante del real.

Aquí tienes mis brazos,
mi pecho, mi amor infinito
todos son tuyos, por siempre mi Pa.

Cuando aprietas mi mano y
se humedecen mis ojos,
siento que sabes
por breves momentos,
que soy tu hijo querido
que nunca te va abandonar.

# Nuestro Sentir

Con la pluma en la mano
y el pliego en el corazón
quiero escribir estos versos,
nacidos con tu amor.

Si mis ojos no te descubren
al nacer el sol,
siento mi pecho oprimido
vagando como hoja marchita
porque perdió su esplendor.

Si al caer el alba no te sigo
en tu éxtasis lunar,
corren lágrimas por mis mejillas,
buscando tu manto esplendoroso
que tanto me hace soñar.

Si en tardes de lluvia intensa
No veo tu silueta oyendo el tin tin,
se apaga mi aliento como ave enjaulada
que pena por salir.

Eres, lava encendida que esparce su fuego
por tierras sin luz,
montaña que empina su cúspide,
brisa, rocío silvestre, olivo frondoso
que mece potente en sus ramas nuestro sentir.

# Los campos de mi tierra

Me encanta el verde del campo,
el ruido potente del río,
el canto de las aves,
el aire fresco llenando mis pulmones.

Sudar con los rayos del sol,
beber del manantial
su transparente agua,
caminar sin rumbo fijo.

Ver al campesino en su faena,
mojarme con un chubasco repentino,
oler el suave aroma de las flores,
sentir mi tierra sagrada en mis
gastadas suelas.

Perder mi vista en el horizonte,
disfrutar el esplendor de las casas rústicas;
sus jardines, sus cultivos de ocasión.

Sentir la hospitalidad del campesino,
Saborear un dulce de leche recién salido del calostre
de alguna vaca parida.

Sentir el olor del carbón cociendo la carne,
disfrutar un exquisito café recien tostado,
en aquel gastado taburete.

Montar un viejo caballo,
terminar exhausta en aquella hamaca
colgada del viejo tamarindo.
¡Qué maravilla, los campos de mi tierra!
Sigo regocijada por disfrutar su inmenso verde,
su gran hospitalidad.

# Naufragios

Sentí tu suave fragancia
cuando abrazabas mi cuerpo,
sentí el brillo de tus ojos
cuando decías: ¡Mamá, te quiero!

Corrimos caminos juntos,
soñamos tantos proyectos,
vivimos historias tan lindas
que enumerarlas no puedo.

Te fuiste hijo mio,
buscando otros sueños,
y yo quedé esperando
una llamada, un mensaje, un aliento.

Te llevó aquel mar inmenso.
¿Dónde quedaron tus sueños?
Dejaste tantas lágrimas,
vestimos todos de negro.
¡Cuántas madres sin sus hijos!
¡Cuántos cubanos Muertos!

Bendice Señor a mi pueblo.
¡Cuánto dolor ha sufrido
por un mañana de aliento!
Somos también hijos tuyos.

Queremos familias unidas,
queremos tu luz divina,
en aquel horizonte negro,
queremos vida libre,
no queremos más sufrimientos.

# Esta es mi vida

La edad es algo maravilloso y sorpresivo.

Hay muchas damas que prefieren ocultarla; no las critico. Yo, en cambio, vivo orgullosa de cumplir hoy 65 años.

De niña, ni soñaba que un día me dirían abuela y sucedió. Vivo orgullosa por ese nuevo nombre que me dan los más pequeños y también algunos jóvenes que practican buenos modales.

Tener canas, acumular experiencias, transitar por muchos lugares y dejar buenos recuerdos, actos de buena fe, es algo sencillamente maravilloso.

Estoy muy feliz con mi edad, con mi familia que vive en exilio, con mi amado y único hijo y su esposa de siempre, con mi fuerte y bella madre y mis grandes y generosos hermanos, con mis sobrinos y sus hijos que también son mis nietos, con mis primos, tías y amigos.

Con mi grande y bella Maricela, con sus hijas; que también son mías y con sus guapos y queridos hijos, que con tanta dulzura me dicen abuela. Con toda su familia, que también me hizo parte inseparable de ellos.

Gracias Señor, por concederme tantos años de vida y tanta felicidad.

Solo te pido que derrames tu bondad y tu amor sobre nuestro sufrido pueblo y haya un mañana de prosperidad espiritual en tu Bendecido Reino.

# Confesión

Te amo, te amé y te amaré,
diga el mundo, lo que diga.
Y si cien años viviera,
firme fui, soy y seré.

Al morir confesaré
que te juré amor profundo.
No te olvido un segundo,
ni dormida ni despierta.

Y si se ama en otro mundo
te amaré después de muerta.

# Soldado

¿Te gustaría soldado,
entregado a un partido,
que un mañana no lejano,
fueras cuestionado por
tu falta de valor?

Representas un uniforme
para servir a tu pueblo,
nada justifica usar violencia,
callar a tu hermano por pensar distinto,
por querer que tu madre y la mía,
tengan paz, comida, medicinas y
un futuro mejor.

Somos hijos de esta tierra
que compartimos los dos.
¿Por qué querido uniformado
defiendes con vehemencia,
a quien perdió la razón?

No conocen otra justicia,
no toleran otra opinión,
brindan a su pueblo
pobreza, angustias, odio, hambre,
palabras vacías y mucho dolor.

Deja tu credo soldado,
eres de pueblo igual que yo,
defiende a tus hermanos,
pensar distinto no es pecado,
son dignas ideas, de Libertad,
Progreso, Amor y Perdón.

# Pureza

Vestida de blanco,
en el templo del Señor,
quedó esperando en su puerta
a quien promesas le dio.

No hubo lágrimas en sus ojos
ni vergüenza, ni enojo,
solo dolor, por amar intensamente
a quien no merecía amor.

Volvió pura
y aquel ramo de novia blanca
en la cruz del lugar
fue consagrado
con fe, con ternura, con humildad.

Quedó de blanco vestida,
en un banco viejo de estación,
sin llanto, sin mente, solo en ocasiones
se oía muy tenue aquella triste canción.

# Dejaré de Soñar

Cuando la orquídea pierda su esplendor,
las abejas sus mieles,
las cigarras no toquen mi vals,
solo entonces dejaré de soñar.
En noches de sombras y silencio,
en días grises de invierno,
cuando la tierra deje de parir
el perfume exquisito de su rosal,
solo entonces dejaré de soñar.

Cuando piense tus besos
y mis latidos no puedan
escribir nuestros nombres
en aquel roble de antaño,
y no pueda beber aquel vino añejado,
solo entonces dejaré de soñar.

Cuando no sienta el aroma de tu cuerpo,
el gemir del lobo solitario,
el suspiro del deseo,
el silbido del viento,
el olor de la mar;
solo entonces, amado mio, dejaré de soñar.

# Sueños

Anoche cuando dormía,
de cansancio fatigada,
viniste a mi mente
sediento de amor.

Te vi como antes,
risueño y celoso,
llenando mi vida
con tu loca pasión.

Noche hermosa, aquella pasada,
tus besos profundos mi cuerpo acogió,
sentimos placer,
de amarnos tanto reímos
felices muy juntos los dos.

Sentí de repente mi cara mojada,
mis ojos cruzados de amargo dolor.
¡Qué espanto tan triste!
Estaba soñando, maldito
mi sueño, bendito tu Amor.

# Emigrados

Se apretó el pecho dolido,
dimos paso a la tristeza
nos llenamos de la nada y la nada nos cubrió,
perdimos el rumbo divino,
huyó desesperado.

En manadas de trinos y alas blancas,
buscando abrigo, buscando pan,
buscando amor.

¿Es el destino? ¿Es castigo de Dios?
Es la esperanza de quien emigra a
tierras lejanas, sin renunciar a lo suyo.
Con distancias, con miedos,
con lágrimas amargas, con ira, con dolor.

Nuestra tierra es de todos,
fue creada por el justo,
elevemos nuestro rezo,
no queremos más partidos,
queremos nuestras familias,
queremos felicidad,
queremos alegría, queremos Salvación.

# Luna Hechicera

¿Por qué tu enojo conmigo
brillante luna de plata?
Solo AMÉ bajo tu cielo estrellado,
cerca del riachuelo donde nace
tu hermosura y se refleja tu bondad.

¿Qué vistes luna hechicera
que no hubieras visto ya?
Dos mortales sin abrigo,
llenos de ojarazca, hierba verde,
tierra húmeda, envueltos en lecho
de zarzas, temblando de felicidad.

Dicen los sabios hechizos
que amarse así en tu reino
es amor duradero, es amor de verdad.

Sentimos, bella señora,
tu cálido abrazo, tu complicidad
y allá desde el infinito,
en la orilla de este riachuelo
con tu pícaro guiño, nos cubriste
de alegría, nos brindaste mucha Paz.

# Madre

Te veo en la nube errante,
en las noches luminosas,
en el susurro del viento,
en los rayos del sol.

Eres esa brisa
que pronto pasa dejando
agradables y fugaces fragancias
que nunca logras alcanzar.

Siento tus suaves caricias,
tus tiernas palabras,
eres perla que resplandece
en el oscuro mar,
mariposa que adorna el
jardín de cada corazón.

Eres esa ternura que nunca termina,
esa noche de sueños benditos,
esa luciérnaga que alumbra
aquellos lúgubres caminos.
Eres tantas cosas lindas,
eres mi madre querida, el verdadero Amor.

# Aprendí a estar si ti

Cuanto añoré tu presencia, tu alegría,
tu manera sencilla y segura
con que viste y disfrutaste la vida.

Existes por siempre
en nuestros corazones,
siento que escuchas mi voz
cuando necesito tu consejo
y a solas converso contigo.

Extraño tu lealtad, tus principios,
tu gran generosidad, tu inteligencia,
tu oficio en tus manos de artista,
tu firmeza, incluso en momentos sombríos.

Extraño tus ansias de libertad,
extraño tu hidalguía, tu visión,
tu caballerosidad, tu valentía.
Extraño tantas cosas,
te extraño, a ti, mi Pa.

# Distancia

¿Cómo saber que me amas?
Si cuentan muchos inviernos
sin sentir el calor de tu cuerpo
en mi lecho sombrío.

¿Cómo saber que me amas?
Si cuando a distancia hablamos
ni siquiera recordamos
el primer beso que nos dimos.

¿Cómo saber que me amas?
Por más que intento acercarme
nos separa un abismo grande
en el que ni las gaviotas hacen nido.

¿Cómo saber que me amas?
Si en cada cosa dejada
solo encuentro recuerdos distantes
de aquella historia que un día vivimos.

# Intenso Amor

Comienza siempre la vida
cuando nos toca el amor,
qué importa si peino canas,
siempre que amamos
supiramos sombras de invierno
donde no aparezca el sol.

Qué importa tu piel,
quizás no tan suave,
si bien mantiene esplendor,
importa solo el deseo,
tu fuego sediento de otro cuerpo
que te acaricie con pasión.

Qué importan historias pasadas,
Si el brillo de tus ojos
pide a voces noches
de atrevimiento mutuo,
deseos locos,
besos apasionados, intenso Amor.

# Gitana

¿Qué me expresas bella gitana?
Cuando en mis sueños floreces,
te busco cuando despierto
y nunca consigo verte.

Sueño con tu figura,
tus ropas, tus fanfarrias
y aquella rosa tan roja
en tu pelo acomodada.

Oigo tu canto potente,
siento fuerte el taconeo,
pero no logro entender
tu lenguaje misionero.

Sabes que llevo en mi cuerpo
sangre de tus ancentros,
será mi pluma ilustrada
donde con fuerza te siento.

Cuenta tu historia mi reina
en blanco papel la expreso
y logro en sencillos versos,
lo que en mis sueños no veo.

# Pandemia

Sufre el mundo los estragos
de su propia destrucción,
hace rostro el hombre nuevo
sin alivio a su dolor.

Solo aquellos de fe firme
inclinan frente y rodillas
elevando oración.

Cuentan ya, cientos de miles
los muertos en todo el mundo
con el masivo contagio
que ahoga hogares en luto.

Ya no importa tu dinero,
tampoco tu condición,
solamente tu aislamiento
evita su trasmisión.

Es pandemia, lloran todos
implorando al señor,
pero otros inconscientes,
van a pasos de gigantes,
como víctimas fatales
De su loca decisión.

A distancia viviremos,
con el rostro enmascarado
y será el orbe un desierto
de tristezas y dolor.

Y si inmunes resultaremos
de este terrible mal
pensaremos como familia,
haciendo de nuestra tierra
un verdadero hogar.
Formemos un mundo nuevo
sin codicia, sin maldad,
heredemos a nuestras generaciones,
Amor, Vida Pura, Felicidad.

# Amor por ti

De pronto quedé sola,
completame sola
con mis miedos,
mis razones, mi verdad.

Partiste sin un adiós,
buscaste el calor de otro nido
y mi mundo se paralizó.
Estaba tan aferrada a ti
que me resistía a creer.

Solo ese frío intenso
que recorría mi cuerpo
me susurraba, ya no está.

Recordé entonces tantas cosas,
tus suaves caricias, tu cándida voz,
tu exquisito perfume, tu mirada profunda,
tu alegre sonrisa, tus promesas de amor.

Mi fatiga se hizo intensa,
mi sueño profundo, soñé tu olor.
Volví a sentirme felíz
aquella noche de luna llena,
aquella noche de Amor por ti.

# Mi primer Amor

De niños jugábamos juntos
y siempre tus ojos buscaba,
fuiste mi preferido y aun
sin saber de amor,
ya te amaba.

Crecimos del mismo barrio,
nos hicimos adolescentes,
y aunque nunca fuimos novios
seguí amándote silenciosamente.

Fuimos por rumbos opuestos,
yo casada, tu soltero.
Nos veíamos casualmente y
apenas cruzamos miradas,
mi corazón latía fuerte,
todavía te amaba.

Una noche de luna llena
me besaste con pasión,
y ese dulce de tus besos
aun los míos reclaman.

Nunca más supe de ti,
solo tu figura en mi mente estaba,
se volvió blanco mi pelo y
mi mente envejecida
pocas cosas recordaba.

Una foto de la infancia,
un barrio pequeño y perdido
en un lugar de La Habana,
aquellos apasionados besos,
y sin encontrarte aun,
todavía mi corazón te Ama.

# Elegía para Yakelin

Apenas 14 primaveras y tu vida acabó,
aquel verdugo cobarde
no tuvo piedad,
y tu ingenua sonrisa
nunca más se escuchó.

Dejó luto en nuestras familias,
dejó odio, dejó dolor, y tú,
hermosa princesa
partiste como estrella brillante,
a los brazos del Señor.

Llegaron ángeles del cielo,
cantaron los querubines,
el ejército de serafínes,
con adas y unicornios,
en aquella blanca carrosa
tu alma se elevó.

Iban lirios, amapolas,
orquídeas y crisantemos,
rosas y girasoles escogidas
de la mano de Dios.

Y con el paso del tiempo,
sin mitigar nuestro dolor,
tu recuerdo, tu inocencia,
tu mirada, tu ternura
Siempre están vivos en nuestro corazón.

# Me quedé sin Perdón

Y en ese abismo solitario y profundo
se oyó mi triste sollozo,
vieron sus frías paredes
cuán intenso es mi dolor.

¿Por qué mi castigo,
tan largo en el tiempo?
Si mil veces supliqué perdón.

Dejé tu corazón roto,
por encontrar amor
en mi espejo y llorar
sin consuelo mi verdadero yo.

Sufrí desprecio, silencio,
quedé aislada y vacía.
Tu orgullo, soberbio caballero,
superó con creces tu amor.

Y yo abracé la primavera
llena de vida, de aire,
de flores, de miel, de rocío, de sol.

Y tú quedaste atrapado
en el largo otoño,
mustio, frío,
sin comprender y reprochando
a quien tanto te Amó.

# Encuentro

Aquellos inmensos ojos pardos que se cruzaron con los míos, esa linda tarde de verano, en aquel parque lleno de árboles y flores silvestres, de finos bancos, césped verde y pulcro marcó el comienzo de nuestra relación.

Tú pasabas feliz, yo tomaba el fresco del bello atardecer con un libro entre mis manos y al percibir aquel perfume suave y varonil no pude resistir el embrujo y levanté mi rostro. Estabas allí, detenido, mirándome fijamente y al cruzar nuestras miradas sentí una corriente que hizo fuerte los latidos de mi corazon; la sangre corría veloz, imparable, como un río enardecido, anunciando en todo mi cuerpo, aquella sensación extraña, aquel suspiro dulce, aquel quejido imperceptible que me estremeció completamente.

No sé cuánto tiempo pasó; solo sé que tus ojos y los míos no dejaban de mirarse.

¡Qué brillo tan intenso emanaba de tus pupilas pardas!

¡Qué fuerza interna nos mantenía así extasiados!

Yo sentada, tú frente a mí, quieto, enajenado, ardiente, elegante, con una sonrisa franca, abierta, enamorada.

No sé cómo nuestras manos se entrelazaron y lentamente me levantaste, quedando el uno muy junto a la otra, sin dejar de mirarnos. No hizo falta palabras, solo el zumbido del viento suave, el trinar de las aves y aquella melodía lejana con sus suaves y deliciosos acordes habló por nuestros corazones.

Nuestros rostros buscaron mayor cercanía y sin darnos cuenta nos besamos con temor, con ternura, con un roce dulce, un roce que selló para siempre nuestras vidas.

Quedé atrapada, quedé feliz, aquella magia de nuestro primer encuentro aun está viva. Aquel brillo intenso de nuestras miradas, aquel silencio cómplice de tus ojos y los míos aun está encendido en nuestros corazones.

Perdimos la noción del tiempo, caminamos por aquellos adoquines blancos y seguimos hasta aquel riachuelo que cantaba de júbilo al reflejar nuestros rostros en sus transparentes aguas.

# Momentos para toda la Vida

Recuerdas aquella tarde soleada,
me acompañabas a tomar el coche
de regreso a casa.

Nuestra conversación era rara.
Solo el corazón latía fuerte,
y nuestras miradas de amor naciente
no callaban.

Qué ardor en tus labios,
qué frescura en tu rostro,
qué risa sosegada y segura,
qué melodía suave tu boca tarareaba.

Yo, timida, hechizada,
acaricié con mis frescas manos
tu fuerte brazo y aquel suave roce
dejó mi alma atrapada.

Supe, entonces,
que era solo a ti,
a quien mi cuerpo
cada noche soñaba.

# Para nuestra querida MADRE

Mami no pretendimos venir a este mundo, pero no hay un día que no agradezca el habernos dado el Don más Preciado: la vida.

Cuando miro atrás comprendo cuando feliz fue nuestra infancia, cuantos desvelos te ocasionamos por velar nuestro sueño, cambiar nuestros pañales y amamantarnos.

Preocuparte hasta la fatiga por nuestra educación, nuestros valores inculcados, nuestra ropa, nuestro calzado, nuestros juguetes y nuestra integridad.

Nunca pensamos fuera una obligación; lo hacías con tanta entrega, que hasta aun siendo pequeña, recuerdo el brillo intenso de tus ojos como soles resplandecientes, esparciendo amor a tus crias, salidas sí, de tu bendecido vientre.

Crecimos y fuimos perfilando nuestros gustos, nuestro trabajo, nuestras vidas y hasta cuando emprendimos vuelo, siempre estuvo presente tu consejo, tu luz larga, tu hogar para un posible regreso, aunque hubiera nuevos miembros en la familia.

Quisiera pensar cual sería el mejor regalo en esta tu etapa de mayor experiencia acumulada; también de arrugas y copos de nieve en tu linda cabeza, al paso por este mundo y creo, el mejor de todos: respeto, admiración y seguir dando gracias eternas por escogernos como tus hijos, siempre adorados.

En verdad fuiste y eres aun en tu octogenaria edad una madre excepcional y, creo, tus hijos han sido sensibles retoños de tu magistral enseñanza.

No todas las familias tienen historias lindas que contar, va en la conciencia de cada quien llevar un sendero correcto, de humildad, consagración y amor a su madre.

La nuestra fue, es y será esa joya divina que conservas a buen recaudo por miedo a perderla, la cuidamos con cariño y la llevamos en lo más hondo de nuestro corazón.

**Felicidades.**

Mami, otro año más agradeciendo a Dios por tu presencia, tu frescura, tu elegancia y sobre todas esas cosas, tu incondicional amor.

# Mi Principito

Llegó mi príncipe amado,
aquel octubre distante,
con su tierno cuerpecito,
sus menuditas manos,
su abundante cabellera
de un negro intenso azulado.

Sus pequeños piecitos
y aquellos labios tan rojos.
Llegó para sentir, aún a mis 19 años,
la mamá más felíz y premiada
por la bendición recibida,
por la bendición deseada.

Llegó potente, llegó hermoso
y lo acurruqué en mi regazo.
Cuánto amor floreció de mi cuerpo
al sentir aquel pedacito de sol
nacido de mis entrañas.

En mis bienaventurados brazos
lloró mi principito,
lloró desesperado
buscando en mi pecho copioso
abrigo, buscando calor,
sostén, buscando mi corazón.

Y aquel menudo pequeñín
propagó felicidad
en nuestro discreto hogar
y disfrutamos aquella etapa divina,
yo aprendiendo su lenguaje,
él dando su ternura, su ingenuidad,
su confianza y su amor.

Y se hizo grande mi príncipe
y otros fueron sus reclamos,
buscó en distantes tierras
otro cielo estrellado.

Partió con su esposa de siempre,
con su novia de la infancia,
un día lejano de marzo
levantó nido, levantó ancla
y otros vientos lo azotaron.

Logró mi grandioso hijo
su sueño anhelado,
recorriendo cada Estado,
en su mar inmenso y negro,
en su mar pavimentado.

De sol brillante, o luna llena,
de grandes lagos,
inmensos puentes o
caminos desolados,
de ríos caudalosos,
De verdes campos.

De grandes edificios,
coloridas luces y letreros atinados,
de aire fuerte,
de intenso frío, de sueño,
de desvelo acumulado.

Y a pesar de la distancia,
de los años transcurridos,
de la nieve en mi cabeza,
de mis pies viejos y cansados,
siempre serás mi principito,
que aquel octubre lejano
robó mi corazón,
cuando por primera vez
te acurruqué en mis brazos.

# Felicidades

Aquella bella mariposa,
que de la oruga nació,
tocó temprano tu ventana
con una rosa, un beso, una canción.

Dejó prendida en tu regazo
aquella rosa de rojo color
y su perfume exquisito
tu lecho inundó.

Lindo obsequio
llegado del cielo
que tu ángel, Eduardo,
con dulzura regaló.

Y en tu jardín florido, aquel
que la frágil mariposa visitó,
el viento potente y travieso
a voz en pecho grito:
¡Felicidades Dora!
¡Dios te llene de Salud!
¡Te llene de paz y te llene de Amor!

Sean de dicha tus 89 primaveras
que con júbilo celebras hoy.
Aqui estamos, tu familia,
de rodillas inclinados,
dando y recibiendo tu Santisima Bendición.

# Te extraño

Si con palabras diría
el pesar que me acongoja
estuvieras de vuelta un día
aunque fuere mi ilusión.

Tanto vacío dejaste
en mi triste corazón
que no encuentro la manera
de callar este dolor.

Te extrañé tanto de niño,
cuánto hubiera deseado
estar junto a ti, Papá.

Pasear contigo en tu chevy
o estar en la orilla de un lago
nadando o cogiendo peces,
aprendiendo de a poco el arte
de pescar.

Tener tu consejo de adulto,
compartir tus secretos,
reír muy alto tus chistes
y hasta velar tus sueños
cuando tenías una copa de más.

Fue tan corto el tiempo juntos
y tan pronta tu partida
que no lo puedo aceptar
Solo dos meses, mi viejo,
con atención esmerada
en ese gran hospital,
te llevaste todos mis sueños.

La impotencia de perderte,
el querer darte mi sangre,
por tener brillo en tus ojos
y sentir tu risa, tus chistes jocosos
retumbando con encanto en
aquel lugar.

¿Por qué te fuiste, mi socio?
Es lo único en esta vida
que nunca podré superar.

# Hermanos

Dos soles me vieron crecer,
uno mayor, otro más joven.
El primero guapo,
reluciente, artista de nacimiento
y soñador viviente.

Poeta, fotógrafo, analista,
pensador, enamorado,
capitán de barco,
chapista y pintor.

El mar su sueño dorado,
las noches estrelladas
su más preciada inspiración.

El más pequeño,
pecoso, galán,
amable y fornido.

Las matemáticas, la política
y los animales;
sus temas preferidos,
también es mi pequeño.

Hiperquinético, catador y siempre
con plata en los bolsillos,
el pavimento negro y callado
su mina dorada, su pasión.
Son mis guardianes,
son mi confianza,
son luminarias
en mi oscuro vagar.

Soy su niña mimada,
aunque la distancia,
en ocasiones
los haga llorar.

Si tuviera que escoger
entre el artista y
el pudiente,
ambos serían mi elección.

Porque esos soles
brillantes,
son mis hermanos
amados,
son mis hermanos queridos.

Dios los bendiga
y siempre proteja
sus cualidades divinas,
por ser ejemplo y confianza
para nuestra sencilla
y humilde familia.

¡Qué dicha tenerlos conmigo,
qué orgullo su enseñanza!
Esos hermosos galanes
son mi amor, son mi fe,
son mi esperanza.

Made in United States
North Haven, CT
10 November 2026

22084217R00055